완연한 미연未然

완연한 미연未然

이민호 시집

매혹시편

0

북치는소년

차례

제3부 · 기적을 꿈꾸는

제4부 · 다시 돌아보지 않는

제5부 · 경전을 다시 쓰는

제1부

운명을 바꾸는

이십팔점박이무당벌레처럼

시간의 잎맥을 갉아먹으며 여기까지 왔다.
사철나무 잎을 타고 가면 하늘에 닿을 듯 간당간당
하다
붉게 멍들어 떨어진 됫박

다시 노란 수액을 흘리며 집에서 멀리 도망쳐 왔다.
불났다고 불이 났다고 외치는 소리에
새끼들은 푸른 그늘 뒤편에서 이리저리 헤매다
방울소리 툭툭 털어낼 때
무당옷자락에 떨어져 박힌 붉은 딱지들

너는 지금
스물여덟 개의 별들이 자리를 옮겨 가며
반짝이는 북극성 아래에 있다

초파리는 어디서 오는가

언제부턴가 냉장고 문을 열면 검은 참깨가 바닥에 떨어져 있다 구부려 손바닥에 모아 일어서니 하나 둘 잠 깨 날아가 버렸다 오래된 간장 종지와 먹다 남은 깻잎 장아찌가 몇 잎 삐져나온 플라스틱 밀폐용기와 충북 영동에 귀향한 친구가 보낸 포도 몇 송이가 앙마른 가지에 달려 있을 뿐인데

언제부턴가 사람을 만나면 밑바닥에 떨어진 인정이 그립다 꼭꼭 싸매어도 슬고 간 좁쌀만 한 구더기들이 눈가에 어른거렸다 낡은 차림새로 다가와 기운차게 노래 부르던 목소리와 부끄러운 낯빛에 어른거리는 분노와 전남 벌교에서 상경한 후배의 옛이야기 귓가에 쟁쟁한데

한사코 이 서늘한 공간을 비집고 들어온 얼굴은 낯설고 처음만 같아 밤새 씨름했던 생각이 절룩이며 걸어나갔다 사람은 어디서 오는가

겨울날의 파시즘

수천수만 새 떼들이 일제히 날아오르자
날갯짓에 밀려
이 지상은 저만치 물러섰다

이때다
꽁꽁 얼어붙었던 밍크고래 떼가
호루라기 소릴 내며 빙하기를 빠져나오는 순간

잇달아
장방형의 편대를 이루며 외딴 섬들도 점점이
날아올랐다

아아 그러나
아직도 밀항하지 못한 채
어느덧 눌러 앉아 다시 뭍이 되었다는
일몰

완연한 미연未然

어디쯤 봄은 오는지
만개한 꽃들이 궁금해한다
앞다퉈 피고서도
그래서 봄이 오는 소리 들리냐고
귀솜털 보송한 어린 새들이 쫑긋 날아오른다

한낱 불행을 속삭이며
반신불수
봄이
샛노란 개나릴 깨우며 가고 있다

아마도 수없이 통과했을
이 몸
질질 끌며
미연에
봄이 완연하다

나미야 잡화점에서 온 편지

대형트럭이 달려오는 것을 보았지요
누군가를 덮치려는 듯
운전대를 바투 잡은 얼굴이
속력에 못 이겨 핼쑥 늘어졌어요
갑자기
무언가 온몸으로 부딪혔어요
차창에 금이 가지 않았으니
괜찮을 거야 괜찮을 거야
수런대는 소리가 바람에 쓸려
가로수 나무 사이로 열 지어 몰려갔어요
마음을 지키던 파수꾼이었는데

　속도를 이기지 못했을 뿐 모두 길 위에서 오갔던 일
이라고 언젠가 그대가 말하지 않았던가요 그러니 죄책
감에 시달리지 말아요 그대는 수많은 목격자 중 하나
일 뿐 그냥 살아보세요 악은 평범하여 평온하기까지
한 세상이잖아요 마음속에 유일한 증인 하나 없어도
되잖아요 기적 같은 건 없어요

눈물의 고고학

슬픔은 한해살이
다년생 삶에 기대어
두 번은 비틀어
회전
커다란 머리를 아래로 두고
첫 문을 뚫고 나올 때
누군가 기다려 받아줘야 한다
그때
참았다 터진 흔적이
흐르는 강물이 되어
흩어졌다 만나고 다시 헤어져
누군가의 손바닥에서
뼈 속 깊이에서
진화를 거듭했던
눈물

왜 하하 허허 웃음을 몸으로 담지 못하
고 반쯤 꺾인 채 어느 난간이든 기대어
자꾸 먼 데만 바라보고 있을까

코스모스가 피었다
그대가 나를 알아보는 순간까지
진동하다
그대가 나를 알아보지 못하는 지금까지
어둠이다
블랙홀 주위에 박힌 고리가
가슴 조이듯 딴딴할 때
우악스런 흡입도 멈출 때가 있다고
한번은 쏟아지는 하얀빛으로
코스모스는 산에 들에 피었다
여린 목숨으로
어제도 오늘도
거기도 여기도
동시에 존재하는
그대

시인의 얼굴
— 파블로 네루다

나는 말했다. 시가 나를 위로하리라
분명 그들도 들었을 것이나
곧 사라질 말이었다
누가 누구를 위해 무엇이 되는가보다
한 마디 말이었으면 좋겠다
무언지 모를 말을 하고
다 끝나지 않은 일들을 주섬주섬 껴안고
뒤돌아 가는 날이 계속되지만
무엇이 나를 위로하리라 말하는 순간
나는 말했다. 내가 시를 위로하리라
그러면 시는 사람 형상으로 변하여
말을 건다
너는 곧 혁명의 소용돌이 속에서
뜻하지 않게 죽음을 맞이하리라
시가 나를 위로하리라
내가 시를 위로하리라
운명이다

제2부

징표가 되어 빛나는

나프탈렌

스치자
오래 묵었던 시간의 냄새가 따라붙었다
예닐곱 어린 날
무거운 외투 안쪽 주머니 속에서
주섬주섬 만났던 하얀 덩어리
어딘가 숨기고
단맛이 그리운 마음을 한순간에 끌고 갔다
덥석 입안에 넣고
갈급했던 허전함을 달랬던 혀뿌리
구역질나도록 얼얼했던
좀 먹어 해진 품속을 헤적이던
썩지 않는 바람이 등 뒤에서 질리도록 치근대었다
마구 쏟아내며 막지 못한 후회인 듯
훼훼

생활의 방편

한 뼘은 남짓 남는
소매끝이 부끄러운 건
자라나지 않는 팔뚝 때문이다
내심
세상을 향해 부르짖을 구호는 가득하다
하지만
여전히 공명하지 않는 어린 양철북
북소리 멀리 가지 않는다
어디든 가다 못 미쳐 돌아서기를
반복하는
파리한 손목을 비틀어 붙잡아 세우는
비명
깨어질 듯
소매 안쪽 닿지 않는 곳에서
보풀처럼 일어나는
아직 그렇게는 되지 않을 것이라는
막연한 끌어당김
반 접어 걷어 올린다

청량리정신병원

근처에 살았으니 오래도 되었네
정신없이
이제 문을 닫기로 했다니
눈길도 그만 그리로 향하지 못할 일
어떤 시인은 청량리에 안테나를 세웠는데
애타도록 듣고 싶었던 음악이 있었다고
모두가 한번쯤은 그 담벼락을 스치며 지나며
미쳐가는 줄 알았던 세월
그만 보내주어야 한다는
주파수가 자꾸 떨며 떨리며 다가오고
어느새 정신도 없이
멀리서 가끔은 만났던 사람
근처를 잃어버렸다

마음의 문신

문득
세월이 흐르고
칼에 베인 손목
꿰맨 실밥 흔적이 사라지고 있다
넘어져 찢긴 무릎 흉터도 흐릿하다
혼절하여 쓰러진 채 피 흘렸던 눈가도
놀라 문질러 보지만
상처는 깊이 스며들고 말았다
마지막에 보이고자 했던
나라는 증표
무심한 이 변주 앞에
숨이 차다
달려오는 기차를 마주하고 선 사람
세상은 알지 못한다
기차는 오지 않을 수도 있다
그러나 무언가 지나가고 난 후
새로운 존재로 바람 저 편에 서 있을
한 방울 한 방울 떨어져 종유석이 되는 흔적
사람은 그런 것을 마음에 새기는데
몸은 어느새 자꾸 새롭기만 하다

수녀님과 개고기

한 달에 한 번은
손 모아 수천 년 되뇐 낡은 기도를 정성 드려 하늘에
바치고
서둘러 중복 장애 아이들을 앞세운 채
북한산 자락 무허가 보신탕집으로
콧노래 성가를 높이 부르며 사뿐

한 점 한 점 손으로 발라
입가에 솜털 바르르 떨며 달려드는 어린 제비 붉은
입들
속으로 그리스도의 몸
한 입 넣고 음미하는
프란치스코의 성흔聖痕

해고 통지서

넌 생고무 벌레라서 참 재밌었어
밟으면 물컹 납작해지고
발 떼면 다시 원상복귀
언제든 쓰레기통에 던져버릴 테니
서글픔 따윈 눈동자에 담지 말고
반토막이 되어도 꿈틀대지 마라

줄달음쳐도 쫓아와
등짝에 달라붙었던
어린 날 도깨비바늘
같은

눈물을 흘리셨는데 아무런 의미가 없다고 말하면

신라 땅에서 만들어졌지만 고구려의 영향을 받은 무덤이 있다는 얘기를 전해 듣고 영주 부석사 가는 마음 깊이 새겨진 길을 접어 두고 순흥 읍내리로 손전등 하나 들고 무심코 가보았네

오지 않는 버스를 기다리다
한참을 서성이다
불쑥 점방으로 들어가
사이다 녹슨 병뚜껑을 어금니로 따
병째 한 모금
목구멍으로 넘긴
코피처럼 쿨럭거리며
흙먼지 자욱한 유리창을 소매끝 잡아
입김 호호 불어 닦고는
혼잣말을 하다
저 앞에 앉아 오지 않는 것들을 마냥 기다리다

양손에 뱀을 감고 빛을 향해 달려 나가는 매부리코

벌려진 입 솟아 있는 송곳니 혀를 날름대는 시간을 두
고 주먹을 가슴까지 들어 올린 채 밖으로 뛰쳐나오는
문지기 사내와 마주쳤네 글썽이는 눈빛과

개에게 물린 아침

말끔히 면도하고 거울에 비친 길 속으로 서둘러 내려가는 아침

어두워 돌아오는 저녁을 위해 새벽 차가운 별을 앞섶에 여미었다

끝나야 끝나는 것이라고 중얼거리는 차창 유리에 서린 입김

시간에 때 절은 소매 끝으로 자꾸만 한쪽으로 지우며

너는 왜 그 모양으로 떨어져 나뒹구느냐고 비웃는 은행나무 고약한

열매 처참하게 밟힌 어디쯤 내려야 할지

뛰어갈 준비도 되어 있었고

돌아가 다시 챙겨야할 것들이 손짓하여도

매정하게 달아날 각오로 부끄럽게

구구절절 사연을 든든히 붙들었는데

줄지어 흡입하는 건물 유리문 속으로 밀려들어가다

느닷없이 달려드는 씩씩대는 개에게 허약한 종아리를 물리고 말았다

달을 삼킨 개였다

가슴께 달아놓은 어린 별들이 땅바닥에 우수수 떨어져 아침부터 어두웠다

폭염

새로 설치한 현관 디지털 도어락이
제정신이 아니다
서비스센터 고객담당자, 수리기사, 판매원들, 마누라
와 아이들
모두를 초토화시켰다

고객님 고객님 진정하십시오
죄송합니다 왜 그렇게 된지 모르겠네
다른 제품으로 교환해 드리면 안 될까요
그만해 그만하라고
어디 둘 수 없는 어린 눈길

사정은 간단하다
내 잘못이 아니라는 것을 깨닫는 순간부터다
이 당당함에 신들려
거침없이 나아갈 수 있었다
이럴 때면 머리 회전이 너무 빨라 멈출 수 없다
이미 후회하는 나마저도 불러다 놓고
뀜하는 나는

이 세상을 다 무너뜨릴 기세다

다들 무슨 죄인가
죄짓지 않고 사는 편에 서지 않았으면서
죄 없는 폭력을 마구 휘두를 때가 있다
반면인 사람들도 날뛰고 있다
백십 년만에 덮친
더위 때문이라고

경기 양주 해등면 세심천

언제부턴가
컴퓨터 자판이 말을 듣지 않는다
'삶'이란 글자를 뭉개고
'살'살거린다

어쩌자는 것인지
남부여대男負女戴하여
사글세
방 두 칸에 들었다

살얼음판이다

손깍지 베개
한 손 풀어
허공에다 대고
손가락 붓으로 써 본다
무심결에

남신의주 유동 박시봉방

이라고.

시인의 얼굴
— 김수영

삶 전체를 꿈틀대게 하는 불온한 감각

딴딴한 근육질의 말들로 몸을 불린 채

어느 어두운 구석으로 끌고 간

언어의 강간 흔적은 낭자하다

장난의 현장을 차마 눈뜨고 볼 수 없어

나는 군중의 무리에 끼어

그대를 처형하라 처형하라 처형하라

외치는 바라바의 추종자

그러나

그대 이전도 이후도 없는 거기에

그대가 신이 될 줄이야

내 증오와 질시의 끝은 거기다

무수한 억측으로 쌓은 성전을 떠나

쓰러진 그대의 피 흘리는 언어를 내 시의 무덤에 몰
래 묻어 두고

어느새 생활의 조각조각을 빼곡히 맞추고 있으니

부끄럽다

사소한 관념을 무너뜨린 턱 괸 시선

무엇을 포기할 것도 없이
나는 식민지
그대는 감각의 제국

제3부

기적을 꿈꾸는

청설모와 어치가 다녀간 자리

겨울 다람쥐
도토리 다섯 개만 삼켜도
더는 감출 수 없는 뺨주머니
고통은 크고 무거운 열매
가을 어느 숲엔가
묻어 두었던 하심下心
눈 오고
찬바람 불 때
찾아가리라 다짐했지만
돌아갈 길 몰라
눈부신 설원에서
멀리 바라보고 있다
참나무 수많은 가지 꺾이고

맹인가수

노래하기 위해 한눈파는 거지
다른 마음으로 노래하지 않으리
파도가 돌아오지 않는
무섭고 외로운 밤
너희들을 패배자로 만들려는 게 아니지
내게로 와 다시 노래하자는 거지
기다릴 수만 있다면
노래하기 위해 성상聖像쯤 밟고 갈 수 있지
썰물이 밀물되어 돌아오지 않는
침묵
견딜 수만 있다면
이지러지는 달을 따라
달려오는 푸른 포말 위로
다시 솟는 꿈
노래하기 위해
눈뜨지 않아도 좋아

추음秋陰

들고양이가 나비 한 마리를 채
도톰한 앞발로 파득이는 날갯죽질 지긋
누르고 희롱하고 있었다

나비야 나비야
안 돼 안 돼

고양이는 고갤 외로 꼬며 슬며시 물러났다
나비도 노란 몸을 움찔거렸다

작은 새 한 마리가 툭 땅바닥으로 추락
절명하였다

한낮 건물 맑은 유리창에는 금이 간
가을 낮은 구름 사이로 노란 단풍잎이 떼 지어 떨어
지고

누군가 겨드랑이 사이로 두 손을 넣어
퍼덕거리지 못하게 붙잡아 주었다

고요히
맞이하게 하였다

창살 없는 감옥

1963년 신태양레코드에서 유성기 음반이 발매되었
는데
박재란이란 가수가 〈님〉이라는 노래를 실었다
탱고리듬에 삶의 고통을 담을 줄 아는 사람들이 그
때도 있었다니
새로 지어진 감옥은 어느새 방이 쉰여섯 개
사람에게서 멀어지는 일은 나를 가두는 형벌이다
그런데 사람이 싫다
싫은 사람 때문에 마음을 상하고
무엇이든 울타리에 가두면 땅은 딱딱해진다
몸에 가득 기생하는 벌레들을 털어낼 흙이
생각이 단단하다
갈아엎기 위해 문을 열어야한다
그런데 일일이 지겹기만 하다
싫은 일 때문에 몸을 다치고
창가에 섰다
새는 끝없이 날아가고*
나를 가둘 이유가 끝이 없다
새로 지어질 감옥에는 몇 개 방이 남았을 텐데

누군가 이 지상에서 마지막 밤을 보낼 곳이다
아나키스트든 테러리스트든 확신범으로 정치범으로
그의 머리가 떨어졌던 나무 단에 피아노 다리를 붙여
길거리에 내놓았다는 이야기가 전해지는

*왕유王維, 『망천집輞川集』 제 2수 「화자강華子岡」에서

예술의 힘

예술의 전당은 무엇에 쓰는 물건인가
넘을 수 없는 아름다움의 벽은 아닐까
지나칠 때마다 졸보기가 되어 내심 불끈하였다
절대미학 앞에 진리를 꿰찰 수 있다면
스승을 팔았던 밀고자가 되어 돌팔매질을 받을 수도
사랑을 버렸던 배신자가 되어 손가락질을 받을 수도
인류를 저버렸던 패륜아가 되어 두 눈을 파내고 바
람처럼 떠돌아도
오직 아름다움 때문에 용서 없는 길을 택하리라 그
런 다짐이 있었는데

지난여름
우면산 자락 산사태를
예술의 전당 콘크리트 덩어리가 뒷심으로 막았다니
시심詩心은
큰물에 쓸려간 나무
부러진 가지 위에 걸려
나부끼다

나를 매혹하는 사람들
들이치는 폭란暴亂 앞에
슬픔의 덩어리가 되어
온몸으로
막아서리라

쓰러진 나무

나무는 몸을 쓰러뜨리지 않으면 알 수 없는 속 안의 세상을 지니고 있다 한때 누군가의 기원을 담아 하늘에 올려보냈을 애달프고 서러운 상징들을 많이도 토해냈구나 사슴벌레 장수하늘소가 이리저리 파먹은 그 자리에 서너 살 아이의 허기진 눈빛이 집 나간 여인의 뒷모습이 거리를 떠도는 사내의 바짓바람이 회오리처럼 결을 이루다 끊겨 애절하다 그렇게 나그네건 멧돼지건 사슴의 무리건 착하게 지나는 발치에 둥근 결을 뉘었으니 바람에 스치는 이파리처럼 소소하게 가느다란 오솔길이 되었다가 어느 날 날선 칼날 움켜진 자가 맹목의 먼지바람 일으키며 그들을 쫓을 때 땅바닥에 바싹 붙어 한순간 넘어뜨리는 뿌리 하나 깊게 숨겨놓았으리라

산보

나는 종잇장처럼 걸은 적도 있다
무엇에 눌렸는지 평면적이다
두께를 내보일 수 없어
눌린 가슴이 크게 두근대지도 못했으니
소리 없이 스쳐 지나간 사이
그림자도 얇디얇다
바람에 쏠려 엎어질지 모른다는
낙엽, 축축한 몸뚱이가 싫어
전면을 내세우지 않고
측면으로 걷는 연습 끝에
아무도 건드리지 않고 가는 방법을
터득하였다
두텁게 홀로 쌓을 수는 없지만
넓디넓게 펼쳐지는 풍경 앞에

나는 젓가락처럼 버티고 서 있다
왼편에는 두고두고 써내려갈 편편이
오른편에는 기울어져 걸린 편액이

다 끌어안고
한 걸음 다시
종잇장처럼 살아보려는가

김어지金於之 어록

박재삼의 어머니는 김어지
옛날부터 이야기는 다 거짓말이락해도 노래는 참말이다

칠순 다 된 아들 둔 아흔 목전 할멈씨가 있는데 지난겨울
스무날 동안 곡기를 끊고 스스로 명절命絶했다는데 자식 앞
세우는 어미 되지 않겠다는 징그러운 모정

뿌리치고 오산에 산천 산악회는 문의마을이 비로 침수되
어 갑자기 봉평 흥정계곡으로 갔다가 야생화농장 근처 이
효석 생가 문학관을 돌아보고 발길로 확 걷어차 오산으로
돌아왔다고

어머니가 거짓말을 할 리 없지만
울음이 타는 가을강은 열두 번을 고쳐
노래는 이야기가 되었다

참말이 거짓말이 될 리 없지만
거짓말이 참말이 되는 기적이
옛날부터 있기는 있었다

피카소의 꿈

경산 하양읍 어디
기찻길 옆 사과밭
멀리서 다가오는
스무 살 적

따내고 남은 봉지 안에서
붉은 껍질이 시들고 있다
칼 댄 속살이 금세
타들어간다

마지막
삐끗
과도 끝에 베여 스민
얼굴

차창 밖에 연이어 걸려 있다

시인의 얼굴
— 전봉래

미리 죽어버리는 시를 쓰고
세상을 버린 사람들 틈에
한 가닥 선율로 남았다
그지없이 음악이 흐르는
공간을 지니고
스스럼없이 지우고는
사라졌다
종삼도 그의 곁으로
한 점 흘리고 갔다
죽어서도 인간의 그림자를
길게 늘일 수 있다면
살아서도
한번은 쓰겠다는 시를
쓰리라
오늘도 잊지 않으려
푸른 쇠
하나
내가 쥐고 있다

제4부

다시 돌아보지 않는

적적弔敵

국경을 넘지 못했던 발터 벤야민
길고양이가 돼버린 두고 온 어스름 저녁
용당포에 수장시켰던 영아嬰兒
칼 얄마르 브란팅의 폭설
인민군이 되어 절룩거리며 한 번 찾았다는 외숙
청계천 구정물에 떠내려 간 신발 한 짝
강 건너도록 어깨를 내어 준 성 크리스토폴
아직도 반짝이는 왕십리 산동네 흐린 불빛
쉼 없는 노동으로 무너져 내린 어머니와 할아버지
오래 간직하지 못했던 슬픈 인연
문둥이 성자 다미아노
목이 베인 남명혁 또 다른 내 이름
마음에 칼을 갈다 스러져간 유배당한 사람들
빙하기에 갇힌 익룡, 공룡, 시조새의 울음소리
행려병자로 죽은 나혜석
끝내 전하지 못했던 말 한 마디

고백해야겠다.
부러진 숨 덮고 가는 눈발 사이에 드러누워

한 걸음도 더는 나아가지 않겠다고
무참히 무너져 내리게
또 한 번 무엇이든 덩치 큰 놈과 어울리겠다고

버림받은 자들을 하나하나 태우고
종이배를 띄운다

적적하여
내 안의 적을 그리워하다

아버지도 편하고 아들도 편하고 나귀도 편하게 보은장까지 걸어갈 수 있는 방법은 없다

아버지를 나귀에 태우고 돌아오는 노을 진 저녁이 내게는 없어 아들이 켜는 바이올린 소리는 끊어질 듯 간절하다 세상은 버리길 더디 할수록 후회가 일어 서둘러 빠져나오는 광장에 뒤돌아볼 일 없이 산으로만 가자는 소리가 온몸 신들게 한다 산에 사는 사람은 떼 지어 나귀 타고 불현듯 출몰하여 내가 읽었던 책이란 책은 다 쓸어 담아 줄행랑을 친다는 무모한 음모를 꾸미고 있으니 나는 논리가 무언지 모른다 어려서 뛰놀던 시구문 밖 넓은 마당에 높이 걸렸을 맺힌 울음과 서늘한 바람이 지금 이렇게 저 하방下方에서부터 밀려 불어오니 나는 산으로만 가야겠다 아버지 없는 나귀에 어린 자식을 높이 올려 앉히고 한 몸 움직이는 성이 되어 기우뚱거리며 이 세상을 뜨고자 한다

9번 트랙

안녕, 나는 너의 어린 시절
꿈에 있는 청춘
환영일 뿐이야

보이저 1호보다 16일 먼저 지구를 떠난
보이저 2호가 궁금해
지금쯤 태양계를 벗어나
한 개 별처럼 보이는 거기서
토성의 천 개 고리를 지난
인사말, 노래, 인간과 동물의 웃음과 울음소리, 바람소리
껴안고 있겠지

난 우주의 은유
돌아올 줄 모르고 어둠 속으로 끝없이 떨어지는 별똥별
지금 나는 빛의 속도로 14시간 30분 45초 떨어져 있어
맴도는 달을 껴안고 깜박이다
어느새 흔적 없이 사라진
얼굴들

날카로운 시간의 미늘이 목구멍 깊숙이 박혀 가장
어둡고 추운 곳으로 순식간에 잡아 채간다 원형의 외
로움에 발붙여 거꾸로 서도 떨어져 나가지 않는 눈동
자를 뚫어지게 바라보며 우리 헤어진 줄 알았는데 다
시 돌아와 네 곁에서 잡담으로 하루를 보낸다 달아나
멀리 가보았지만 또다시 굴러 떨어져 박히는 끌어당김
누군가 세게 치고 나갔을 순간 호기심 없이 분명하게
몸을 던지는

　나는 죽음에 앞서 달려나가고 있어

망양돈대望洋墩臺

외포리에서 그대를 수장시키고
다시 바다를 만들지 않았다
그리하여 나는 돈대에 오를 일도 없는 것이다
사랑은 바라다보지 못할 먼 곳에서 오지 않았으니
무참히 무너질 일도 없는 것이다
마음속 바람만이 넘어 드는
망루에서
해와 달 사이 눈멀게
어두운 녹색에 덮인 서늘한 그늘을 가지기로 했다
높아지지 않으려
가파른 경사면을 함부로 무너뜨리지 않았으니
파도가
쌓아 올린 벽돌 하나도 아프다

대서방에 들러

다 읽지 못한 사연보따리를 맡겼다
누군가를 대신하여 글을 써보겠다고
연필잡이 손가락 굳은 혹을 만지작거리며
법을 모르고 서식도 없는 이야기를
하루 종일 읽다가
책상 하나 들여놓을 방도 없이
어느 문전에서 서성이다
법원이 떠난 자리
곧 문 닫을 대서방에 들러
허술함에 갇힌 내 삶도 함께 부려놓고 나왔다
그대가 하는 말은 바로 내 텃밭이고
그대의 깊은 한숨을 함께 나누며
그대의 눈물을 닦아 주겠다
요란했던 글들이 어지럽다
하나 남은 문지방을 나서며
이제 정연하다
누가 누구의 으깨진 생애를 대신하겠다고
할 말은 많지만
설움에 답하는데
무슨 형식이 있다고

오아시스에 대한 명상

누군가 목마른 입술 적시게
두 손 모아 물 떠주시는
발 끝머리 엎드려 머리 숙일 수 있다면

한번쯤
사막 한 가운데에 버려져 헤매어도 좋다

그것이 아니라도
한번쯤
눈물 흘리지 않는 조화가 되어도

오, 아시스
불모의 장식을
피로 물들이다
꽃꽂이 스펀지가 되어도
그 이름은
뽀득뽀득 아프지 않다

죽어갈 꽃을 한 아름 품지 않았다면

강이 되어 흐르고자 하지 않았다면
이 거리 저 골목 바람에 날려
뒹굴며 부서진 눈사람처럼
소리 없이 울부짖었으리라

가을 군주론

참다운 가을은 자기 손에 피를 묻히지 않는 법
저 자와
같은 하늘 아래 있고 싶지 않다
쥐도 새도 모르게
가을바람이 나를 쓸고 가버렸다
수없이 말없이
피를 보고 돌아온 날이면
참다운 사람이 그리워
마른 눈물을 흘렸다

사랑받기보다는 두려움에 발길을 돌렸던
가을날들

2029년 터미네이터의 가을 편지

아직도 거리엔 P-1000이 사이보그 형식으로 나를
마구 무찌르려 뒤를 밟는다 내가 목숨 걸고 지키려는
것이 나인지 너인지 알 수 없지만 종말이 오기 전에 네
게로 갈 것이다 어쩌면 나는 너의 아들로 태어나 너의
어머니를 보호하는 무사가 될 지도 몰라 그렇다면 너
는 아무 걱정하지 말고 아무 의심 없이 알타미라 동굴
로 스며들어 가거라 나는 사라진 사냥개를 찾으러 그
곳으로 갈 것이다 아니면 어린 여자애가 걸어 들어간
또 다른 길을 따라갈 것이다

벽과 천정에 그려진 소와 사슴과 말과 돼지들이 넓
은 방을 뛰쳐나오는 광경을 보고 놀라지 마라 만오천
년 전 한때 나는 구석기 들판을 헤매고 있었지 굶주림
에 지친 식솔을 이끌고 몇 날 며칠을 사냥하여도 끈 풀
어진 돌도끼만 무겁게 어깨를 눌렀어 그렇게 그날도
쓰러질 듯 동굴로 돌아와 모닥불을 피워 놓고 어린 자
식의 숱 많은 머릿결을 쓰다듬고 있었지 배고픔에 잠
들지 못하는 녀석을 보며 한 마리 한 마리 낮에 놓쳤던
먹잇감들을 동굴 벽에 그려 넣었어 녀석은 누운 채 별

처럼 생생하게 움직이는 들소들 중 가장 순한 것으로
내일은 잡아보리라 꿈꾸듯 잠이 들었지

　　나는 다시 지는 싸움을 하러 나가야 해
　　이 가을이 가고 겨울이 오기 전
　　너는 죽음을 맛볼 것이야

　　잊을 수 없는 날들을 위해

시인의 얼굴
— 김남주

꽃이여 피여
피여 꽃이여
새벽의 언덕에서
폐허에서
겨울과 봄의 중턱에서
박토에서
황혼의 언덕에서
죽어버린 별이여

아직도 식지 않은 잿더미를 헤집고
남몰래
푸른 고환 한 짝을 간직하였네
숱 많은 머리결과
부엉이 눈과
옥수수 댓잎 같은
누런 입 냄새를 덮어둔 채

바위에 불알 두 쪽 올려놓고 돌멩이로 그냥 내리치

는 것만 같애
　마지막 말
　불씨만을 싸안고 서둘러 도망쳤네

　티벳 승려의 불타는 육신에서
　팔레스티나 유카리나무 아래 죽어가는 어린 영혼에서
　용산에서
　11월의 거리에서
　모든 고통에서
　신의 이름을 지우고
　그대
　아직도
　죽으러 가는 별이여

　피다 꽃이다
　꽃이다 피다

제5부

경전을 다시 쓰는

볼모

    식칼 손잡이 밑동을 바투 잡고 탕탕 치는 소리에 한 소쿠리 씻어놨던 콩나물 대가리가 우수수 무너진다 마산서 첫째 고모 올라왔으니 아귀찜 한 접시 내올 모양 그러니 다 저리 비켜나야 하지 않을까 도다리를 발라 다리 삐끗 솔소반에 잠깐 두고 갓 캔 봄쑥 폴폴 끓이는 냄새 가득, 그 다음은 통영 둘째 고모지 부엌 한 자리 차지 못한 목포 셋째 고모는 홍어 삼합 한 짝이면 되었네 되었네 얼큰하니 되었네 살살 구워 손으로 쪽쪽 찢을 건가 실고추 얹어 자작하니 쩌줄랑가 조림은 어떨까 아직 군산 앞바다 넷째 고모 박대 차례는 멀고멀다 그러고 보니 보통이 속 죽순 시들까 다섯째 담양 고모 새카맣게 애타는데, 모두 어느 나라에서 자식들은 돌아오지 못하였는가 하냥다짐 묶여 밤이 새도록 집으로 돌아가지 못할 처갓집 잔칫날

배꼽

사랑을 잃어
마른 손깍지를 풀었던
홍시 한 알
간신히 끌어안은 꽃받침
숨죽인 흔적
떨리는 손끝으로
살짝 문지르고
모두 빨려 들어갈지어다
소용돌이 속
아픈 곳이 나의 중심이다

땀의 현상학

청주에서 올라온 배추를 날라다
마당에 놓고
반으로 칼질하니
속속들이 꽉 찬 초겨울이다
절이기도 전에
모양 없는 배춧잎이 벗겨져
바닥에 널브러질 쯤 간간히 눈발 비친다
수고했던 소쿠리와 찌그러진 양푼이와
살갗 붉게 드러난 다라이
엎어 놓고 나면 이제 기나긴 동면이다
김장 끝 장독 뚜껑 닫기 전
맨 위에 깔아 덮을 이파리는
땀은
형편없는 것들이
흘린 것이다

백한 살 할머니 수색 출동 보고서

실종사건 발생 사십 일째
이삭 패기 전
모낸 논바닥에 물이 빠지고
불끈 벼들이 모여 서는
그날 오후 1시경
광야에서 무슨 시험에 들었기에
돌아오질 못하고
외치는 소리 들리지 않나
운문 앞에서
파랑새와 합류 후
모진산 자락으로 이동하여
늑대와 새들과 꽃들과 만나
사건 경위를 듣고
바람의 지휘 아래
바다로 하늘로 산으로
드러나지 않은 지난 세월을
더듬어 찾아간 지 두 시간
산문에 집결하여
영혼을 벗어버리고 사나운 짐승으로 돌아가려는

곳곳에 부표를 띄웠습니다
점점 멀어지는 숨소리
오후 다섯 시경 모든 탐지 종료.

벌교 보성여관에서 빨치산 토벌 때 잠시 만났던 아들은 6·25전쟁 때도 스쳐갔을 텐데 영영 보이지 않습니다 특이점은 방금 파랑새가 늑대와 새 떼들을 이끌고 바람을 따라가고 있는 것을 목격했습니다 백하고도 한 살 더 먹은 치매와 걷는 이 세상

벗어놓은 신발 한 켤레

포옹

　서초동 법원 앞 어린 연인 한 쌍이 멀리 이쪽저쪽 달려
와 끌어안고 등 두드리는 모습을 교통지옥 속에서 다들
물끄러미 지켜보았다. 다행히 플라타너스 가로수 낙엽은
그대로 쌓인 채 치우지 않아 금모래 빛 융단 길을 열고

　슬픔에서 또 한 슬픔으로 딛고 넘어간 금단의 새 한 쌍
　푸른 발자국 찍힌 토담 한 구석
　비스듬히 놓인 발목 부러진 사다리
　세월도 저주도 풀 수 없는

　마음으로 주는 사랑은 대가를 치르는 법*
　이탈리아 천 년 유적 땅 속에서
　서로 끌어안은 채 뼈가 되어 발굴되었다는 외신
　사진 한 장

*A. E. 하우스먼의 시 「내 나이 스물 하고도 하나였을 때」에서

열일곱 살에서 온 부산입니다

세상에 이런 일이 다 있냐고 서울 구로역에서 막차
를 집어탄 어떤 청소녀가 세상모르고 곯아떨어졌느니
백태 낀 입꼬리가 개봉역 지나 온수역에 다다라 길게
헤벌어져 끼룩끼룩 갈매기 소릴 흉내 내는 듯 이상하
고 억울한 중얼거림이었으니

세월은 흐르는 것이라고 역곡이나 소사에서 떨어질
복사꽃이 되면 어떠냐고 함부로 속삭이지 못하는 세월
들이 객차 가득 고단하게 흔들렸다

김약국의 딸들이 쏟아졌다

시립병원 수납대 앞에서
술 취한 풍찬노숙 중늙은이
겨울 빙판길에 부러진 다리 값을 톡톡히 치른다고
끌고 다니던 보퉁이 깜장 가방 통째 뒤엎어 흔들어
댄다
병원 바닥에 널브러져 쌓이는 잡동사니 인생 무덤에
혀를 차는 불결한 조의문들
어서 나가라 꺼져 달라 경비들 도끼눈에
쩍 갈라지는 가슴 앞섶에서 툭 떨어진
책 한 권
김약국의 딸들

그는 고아로 자랐고
어머닌 자살했으며
아버진 살인을 저지르고 사라졌고
딸을 다섯 두었는데
큰 딸은 과부에다 영아살해 혐의로 경찰서에 불려다
닌다고
둘째는 시집갈 생각 없이 늙어가고

셋째는 이루지 못한 사랑에 미치광이가 되었다고
넷째가 오늘 아침 죽었다는 소식을 멀리서 받았다고

자기가 배설한 똥과 오줌이 뒤범벅이 되어
나날을 지내야 하는 사내
무서운 감옥
시가 되지 못하는 여자의 일생

어찌 되었든

광화문 광장은 여전히 예닐곱 명의 1인 시위자들만 묵묵히 서 있었을 뿐 그들에 대한 특별한 관심은 보이지 않았다. 어찌되었든 4월 19일에 참여하는 것에 의의를 둔다는데 한대련(韓大聯)에서는 4.19를 맞아 어떤 활동을 할까?(2012년 5월 1일, 『경향신문』). 어찌되었든 5.16 이후의 도약은 민족자아의 발견을 통해 시운을 불러들인 위대한 실증이었다(1980년 8월 12일, 『매일경제』). 기자들에게 한국사태는 군사혁명 뒤에 안정되고 있다고 말하였다. 그는 어찌되었든 한국의 신정권은 반공이며 친미적이라고 강조하였다(1961년 5월 19일, 『조선일보』).

미국 서부 캘리포니아 목장에서 젖소가 태어나면 젖을 물리지 않고 어미와 뗀다고 하니 어미 소가 울고불고 길길이 날뛴다고

어찌 되었든 새끼소를 제친
어미젖은 미국사람 먹을거리라 그렇다고(어느 채식주의자)

어찌 되었든 괜찮다는 역사
끈질긴 지속
아이들은 태어나 어디론지 끌려가고
피리를 불어도 돌아오지 않는다
어찌 되었든
강 아래로 내려가리라

시인의 얼굴
— 박서원

애비 없는 아이를 낳겠다고
병든 밭을 일구는
그늘진 아이 하나 낳아 보이겠다고

voler(훔치다 ; 날다)

새 세상은 여기에 없고
묵은 권력을 훔쳐
저 곳으로 날아간
구원의 상징
잉태했던
또 다른 신화

크리스마스 전야
붉은 혀의 아이를 축복하는
시즌
수모와 굴욕을 낳은
여인과 다시 쓰는

여성적 글쓰기
외경

죽음에 앞서가는

부고장이다

동네 이발소 쥐오줌 얼룩자리 불룩 내려앉은 천장 밑
선반에 머리 센 할아버지들마다 염색약이 제각각 임자
가 따로 있어 촘촘히 열 지어 층층 쌓여있다 만리동 고
개 넘어 멀리서도 때 되면 기어코 찾아와 두어 번 드르
륵 구르다 문 열고 들어서던 아무에게나 맡길 수 없는
은빛 머릿결 성기게 서너 달 뜸해 이상하다 궁금하여
쌓이는 염색약 좁고 어두운 상자갑 위, 매운 먼지는

소멸의 방

마음의 병을 앓는 화가에게서 스티커 한 장을 받아
들고
줄지어 문 앞에 섰습니다
방은 순결하여 온통 하얗습니다
한 점 한 점 붙여놓은 생애
신의 몸을 받으려 두 손 모아 올렸던 그 마음
벽과 벽 사이 구석진 곳에 노란 스티커를 붙이자
누군가 숨 쉬고 있다고
초록과 빨갛고 파란 물방울들이 세차게 솟아올라
바람을 부르는 오색 깃발 아래 모였습니다

이제,
바람의 말을 타고 달려가겠습니다
흔들리는 불꽃을 달고
산 사람의 몸을 불사르듯
죽은 이의 영혼을 태워
들짐승처럼 빠르게
북쪽으로 가겠습니다
아홉 개의 산을 넘을 때

힘에 부쳐 지치면

그의 다리가 되어

한 개 점으로 사라지겠습니다

붉은 달

개미는 턱 힘이 세다
이를 악물고
살았기 때문이다
시냇물도 여울목에 다다르면 몸이 거칠다
몇 번이라도 꺾이며 밀려온 탓이다
산들바람마저 폭풍의 언덕에선 머릿결이 난폭하다
사람계곡을 헤매다 기어코 홀로 선 절벽
울부짖다

그로기, 그로기

골목길을 나와 돌아보면 하수구일 뿐이다
도고 아르헨티노와 프레사 까나리오 두 마리와 남녀
두 사람이
서로 엉켜 쏟아져 나와 발밑에 뒹굴던 저녁
맹견은 여자의 목과 허벅지를 물고 늘어졌다
구정물은 언제나 여린 구석을 향해 모여들 뿐이다
남자는 울부짖었지만 악취마저 거들떠보지 않았다

어딜 가도 쉽게 마주치는 비둘기
엇박자 발걸음과 앙가슴 속에서 흘러나오는
노할머니 떨어진 아래턱 목젖에서 머물던
무진 소리
밤새 귓가에 당겨오는 길고양이들
가릉거리는 신음은
낮고도 간당간당하여
이제는 흉내를 넘어 몸이 되었다

비틀거리는 배에는 썩은 물 밖에 없으니
술만 먹는다

휘청거리는 다리는 꼬여 들어갈 뿐
빠져나올 길 없는 사각의 링 위 14라운드
강타당한 턱이 뇌를 향해 삐그덕 달그락
1차원적 신호를 띄엄띄엄 보냈지만
할머니, 할머니
먼지 되어 흩날리도록 흔들었지만
그로기, 그로기입니다 숨넘어가게 외쳤지만

연민 따윈 해진 담요에 덮여 들것에 실려 나가고 있다

최후의 만찬

플라스틱 곤충 채집통 속으로 쓰윽 손을 넣어 재빨리 채면 어느 놈은 다리가 부러져 바닥에 나뒹굴고 또 어떤 놈은 드러누운 채 바둥거리고

그때쯤 혀뿌리를 날름대며 스윽 다가와 순식간에 바득바득 모조리 씹어 삼키면 검은 액체가 방바닥에 흩뿌려져 튕기고 비린 냄새 가득

죽는 것보다 마음이 더 아프다*는
그날 저녁

귀뚜라미 우리 속으로 목도리도마뱀을 잔인하게 밀어 넣었다

*한진중공업 청년 노동자의 유서에서

아기의 엄마가 올 때까지

그 무엇도 할 수 없다
멀리 바다를 응시할 뿐
바람과 홍수가
태풍이
여섯 날 낮과 여섯 날 밤
이 땅을 쓸어버릴 때까지
버림받은 자들의 방주
문이 열릴 때까지는
순결하거나 부정하거나
가리지 않고
어린 목숨들 곁에
있어야 한다

옛 나날들은 진흙으로 돌아가 버렸다
아기는 엄마를 찾으며 울고 있는데
그 누구도 어린 몸에 손댈 수 없다
기다리자 기다리자 기다리자
바닷물이 마르고
인정이 메마르고
눈물이 말라버려도

슬픈 어머니가 기쁜 아기를 낳았으니
— 수요일의 소녀에게

소녀는
종로 네거리에서
목이 베어 그 흘린 피 오가는 사람들에게
뿌려주길 소원했던
일어서는 농민의 어머니다
하늘이 무너지고 땅이 꺼지는 날까지
소녀야, 애통함에 가슴 찢어 북소리를 울려다오
소녀는
내 죽음을 헛되이 말라
외치며 불꽃이 되어 달려나갔던
깨어있는 노동자의 어머니다
소녀야, 서럽게 울부짖어 차가운 재가 되어 날릴 때
까지
이 거리 사납게 흔들리는 바람 깃발이 되어다오
소녀는
오월의 산하를 피로 물들인
떠도는 영혼
혁명의 어머니다

소녀야, 이 땅 흐르는 물 메말라 죽음의 강이 될 때까지
온몸 부서지는 한숨 거두지 말아다오
소녀는
4월 어느 날 뜻도 없이 삶의 닻을 내려버린
어린 생명의 어머니다
우리가 삼해 바닷물 모두 퍼내 다시 기쁜 몸 일으켜
세울 때까지

소녀야, 우리 슬픔의 칼날을 차갑게 벼려내어
벅찬 아기 손아귀에 꼭 쥐어주자
슬픈 어머니가 기쁜 아기를 낳았으니
검은 눈물 멈추지 말아다오
소녀는

시인의 얼굴
— 최영숙

선운사 동구에서
무릎 내준 사람인 듯
한세상 흐드러지게 살다가지 못하고
어둠 속에서 홀로 싹을 틔우다
푸르게 쪼개진 바람
속절없이 성북동 고개를 넘어버렸네
머리 뉘일 자리 없어
머리맡 자리끼에 살얼음이 비치고
누군가
이 세상을 통째로 들이키려
다 휩쓸고 가버린 것이다
저기 건너다보면 보일 듯
환한 붉은 꽃

아름다운 시를 기다리며 어느덧 여덟 성상星霜을 보냈습니다. 지난날의 고통스런 얼굴과 다가올 불안한 눈빛에 처연합니다. 모두 오늘을 사는 데 집중하지 못한 탓입니다. 한 발 내딛으면 고통은 사라지겠지요. 한 발 더 내딛으면 불안은 헛것이 되겠지요. 지금 이 순간만이 시입니다.

시는 이제 얼마나 남았을까요. 이처럼 별이 흐른다면 온전히 묶을 시집은 한 권 남짓 되리라 짐작됩니다. 로맹 가리Romain Gary가 에밀 아자르Emile Ajar이듯 가련한 최후의 인간으로 남지 않기 위해 새롭게 선택하겠지요. 아주 낯선 시로 남은 시간을 적시겠습니다.

2019년 여름 초입
한 사람이 그림처럼 앞질러 가고
이 민 호

순정한 순교의 마음

이경수(문학평론가·중앙대교수)

1.

그는 지독한 시의 순교자인지도 모른다. 1994년 『문화일보』 신춘문예로 등단해 등단 11년 만에 첫 시집 『참빗 하나』(2005)를 내고, 두 번째 시집 『피의 고현학』(2011)을 6년 만에 낸 후 다시 8년 만에 세 번째 시집 『완연한 미연』(2019)을 출간한 이민호는 다작의 시인은 아니다. 시에 대한 순정한 마음과 삶의 고통스러운 자리를 온전히 살아낸 이의 단단하고 올곧은 언어가 세 권의 시집을 관통하고 있다. 이민호는 자신보다 먼저 시의 운명 속으로 걸어 들어간 선배 시인들을 호명하며 생활인으로서 자신을 관통해 온 아픈 역사와 삶의 고통을 담담히 시에 받아낸다. 그는 맑게 웃는 눈웃음 뒤로 날카롭게 빛나는 단호한 눈빛을 지니고 있기도 한데, 그런 단호함과 부드러움이 그의 시에도 드러난다. 이민호의 시를 받치는 한 축이 현실감각이라면, 다른 한 축은 순정한 시심이다. 그 둘이 때론 길항하면서도 조화와 균형을 이루는 자리에서 그의 시는 쓰인다.

이민호의 이번 시집은 모두 여섯 개의 부로 구성되어 있다. 1부에는 '운명을 바꾸는'이라는 제목 아래 시에 대한 순정한 믿음을 보여주거나 시로써 이민호의 시적 주체가 추구하고자 하는 삶에 대한 태도를 보여주는 8편의 시가 실려 있다. 2부는 '징표가 되어 빛나는'이라는 제목 아래 시적 주체에게 마음의 문신처럼 새겨진 징표들을 생활의 현장에서 찾은 11편의 시들로 구성되어 있다. '기적을 꿈꾸는' 10편의 시로 이루어진 3부는 예술의 기적 같은 힘에 대한 낭만적 추구를 보여준다. 4부에는 '다시 돌아보지 않는'이라는 제목으로 9편의 시가 묶여 있는데, 시를 쓰며 이민호의 시적 주체가 극복해 간 자리를 여기서 확인할 수 있다. 5부는 '경전을 다시 쓰는' 9편의 시가 묶여 있다. 이번 시집에서 죽음과 함께 중요한 위치를 차지하는 여성에 대한 관점을 새롭게 보여주는 시들이 여기 실렸다. 이민호 시의 젠더 관점을 살펴볼 수 있는 시들이다. 마지막 6부는 '죽음에 앞서가는'이라는 제목 아래 개인적 죽음으로부터 사회적이고 역사적인 맥락의 죽음에 이르기까지 다룬 8편의 시들로 묶여 있다.

각 부의 마지막 시는 '시인의 얼굴'이라는 제목의 연작시가 차지하고 있는데, 각각 부제로 파블로 네루다, 김수영, 전봉래, 김남주, 박서원, 최영숙 시인의 이름이 붙어 있다. 이 시인들의 이름을 통해서도 이민호의 이번 시집이 추구하는 자리를 짐작해 볼 수 있다. 한 시대를 풍미한 혁명가 시인의 이름을 확인할 수 있는 것은 물론이고 시대에 좌절한 낭만적 시인의 모습이나 완연한 꽃을 피우지 못하고 요절했지만 시인으로 문학사에 이름을 새긴 두 여성 시인의 이름도 눈에 띈다.

2.

이민호의 시는 첫 시집부터 여성들의 삶에 각별한 관심을 기울여 왔다. 「참빗 하나」와 「세족洗足」의 '외할머니', 「어떤 부고訃告」의 '황산 할머니', 「한 식구」의 '노老할머니', 「안티프라민」의 '늙은 어머니' 등을 보면 어머니, 외할머니로 이어지는 여성들의 고단한 삶은 이민호 시의 원천을 이루었던 것으로 보인다. 가난한 어머니에 대한 부채감, 불행한 여인의 가계가 빚어내는 절망감은 이민호 시에서 자주 발견된다. 그러나 이민호 시의 주체는 어머니 — 외할머니로 이어지는 가

족 — 여성을 연민의 시선으로만 바라보지는 않는다. 오히려 그가 그려내는 여성의 모습은 강건하고 당당하다. 웬만한 세파에는 꿈쩍도 하지 않을 것 같은 단단함이 그들에게서 느껴진다.

> 한 달에 한 번은
> 손 모아 수천 년 되뇐 낡은 기도를 정성 드려
> 하늘에 바치고
> 서둘러 중복 장애 아이들을 앞세운 채
> 북한산 자락 무허가 보신탕집으로
> 콧노래 성가를 높이 부르며 사뿐
>
> 한 점 한 점 손으로 발라
> 입가에 솜털 바르르 떨며 달려드는 어린 제
> 비 붉은 입들
> 속으로 그리스도의 몸
> 한 입 넣고 음미하는
> 프란치스코의 성혼聖痕
> ——「수녀님과 개고기」 전문

이민호의 시에서 성과 속은 대립하거나 대비되기보다는 자연스레 하나가 된다. 중복 장애 아이들을 먹이는 일, 그 아이들의 건강을 위해 몸보신을 시키는 일이

수녀님에겐 더 성스러운 일이자 신의 뜻에 봉사하는 일이었을 것이다. 종교라는 이데올로기나 딱딱한 교리에 사로잡혀 경직된 몸을 지니는 것이 아니라, 유연한 넘나듦이 가능한 수녀님들의 선택이야말로 제대로 된 신앙의 모습이라 할 수 있겠다. '한 점 한 점 손으로 발라/ 입가에 솜털 바르르 떨며 달려드는 어린 제비 붉은 입들/ 속으로 그리스도의 몸/ 한 입 넣'어주는 이런 넘나듦의 풍경을 놓치지 않고 포착하는 시인의 시선도 따뜻하다. 일상을 관찰하고 그 속에서 시적인 것을 포착해내는 시선은 신뢰할 만하다.

식칼 손잡이 밑동을 바투 잡고 탕탕 치는 소리에 한 소쿠리 씻어났던 콩나물 대가리가 우수수 무너진다 마산서 첫째 고모 올라왔으니 아귀찜 한 접시 내올 모양 그러니 다 저리 비켜나야 하지 않을까 도다리를 발라 다리 삐끗 솔소반에 잠깐 두고 갓 캔 봄쑥 폴폴 끓이는 냄새 가득, 그 다음은 통영 둘째 고모지 부엌 한 자리 차지 못한 목포 셋째 고모는 홍어 삼합 한 짝이면 되었네 되었네 얼큰하니 되었네 살살 구워 손으로 쪽쪽 찢을 건가 실고추 얹어 자작하니 쩌줄랑가 조림은 어떨까 아직 군산 앞바다 넷째 고모 박대 차례는 멀고 멀다 그러고 보니 보

퉁이 속 죽순 시들까 다섯째 담양 고모 새카맣
게 애타는데, 모두 어느 나라에서 자식들은 돌
아오지 못하였는가 하냥다짐 묶여 밤이 새도록
집으로 돌아가지 못할 처갓집 잔칫날
—「볼모」 전문

소란스러운 처갓집 잔칫날의 풍경이 생생하게 그려
진 시이다. 마산, 통영, 목포, 군산, 담양의 지역 음식이
차려지고 보퉁이 속 귀한 식재료들이 쏟아져 나오고 걸
쭉한 지역 방언들이 소란스럽게 오가는 풍성한 잔칫날
풍경이 살아 있는 흥성함을 전해준다. 처갓집 잔칫날
경상남도와 전라도 각지에서 식재료와 먹을 것을 싸 짊
어지고 모여든 고모들이 집안 가득 흥성대는 모습은 익
숙하면서도 지금은 사라져 가는 풍경이겠다. 아귀찜 한
접시 내놓겠다고 '식칼 손잡이 밑동을 바투 잡고 탕탕
치는 소리'가 들려오고 그 소리에 장단 맞추듯 "한 소쿠
리 씻어놨던 콩나물 대가리가 우수수 무너진다". 잔칫
날의 북적대는 풍경이 청각적, 시각적 이미지로 고스란
히 전달되고 음식을 하며 나는 '갓 캔 봄쑥 폭폭 끓이는
냄새'도 가득 퍼진다. '홍어 삼합 한 짝'을 요리하는 상
상만으로도 코끝이 쩽하니 매워지고 입 안 가득 군침이
돈다. 일가친척들에게 모처럼 맛있는 음식을 대접한다
고 고모들은 신이 나 있지만 '모두 어느 나라에서 자식

들은 돌아오지 못하'고 있다. 사실상 잔칫날 여느 집에서 흔히 볼 수 있는 풍경이겠다. 생활에 치여 바쁜 자식들은 돌아올 줄 모르고 시의 주체는 '하냥다짐 묶여 밤이 새도록 집으로 돌아가지 못'하는 신세가 된다. 그야말로 '볼모' 신세가 된 것이다. 시의 주체는 이 꼼짝없는 볼모 신세를 내심 즐기는 것 같기도 하다. 여성들의 연대로 이어진 가계의 분위기를 이민호의 시는 수런대는 건강함으로 전달한다. 그 바탕에 깔려 있는 것은 여성들에 대한 경외와 존중의 마음일 것이다.

실종사건 발생 사십 일째
이삭 패기 전
모낸 논바닥에 물이 빠지고
불끈 벼들이 모여 서는
그날 오후 1시경
광야에서 무슨 시험에 들었기에
돌아오질 못하고
외치는 소리 들리지 않나
운문 앞에서
파랑새와 합류 후
모진산 자락으로 이동하여
늑대와 새들과 꽃들과 만나
사건 경위를 듣고

바람의 지휘 아래
바다로 하늘로 산으로
드러나지 않은 지난 세월을
더듬어 찾아간 지 두 시간
산문에 집결하여
영혼을 벗어버리고 사나운 짐승으로 돌아가
려는
곳곳에 부표를 띄웠습니다
점점 멀어지는 숨소리
오후 다섯 시경 모든 탐지 종료.

벌교 보성여관에서 빨치산 토벌 때 잠시 만
났던 아들은 6·25전쟁 때도 스쳐갔을 텐데 영
영 보이지 않습니다 특이점은 방금 파랑새가
늑대와 새 떼들을 이끌고 바람을 따라가고 있
는 것을 목격했습니다 백 하고도 한 살 더 먹은
치매와 걷는 이 세상

벗어놓은 신발 한 켤레
  ―「백한 살 할머니 수색 출동 보고서」 전문

치매에 걸린 백한 살 할머니의 실종 사건이 발생한
지 사십 일째에 접어들어 일대를 대대적으로 수색했

으나 할머니를 찾지 못하고 탐색을 종료할 수밖에 없었던 안타까운 상황을 그린 시이다. 그런데 치매 걸린 백한 살 할머니의 실종이라는 안타까운 사건으로부터 시를 길어 올리는 시적 주체의 시선은 낭만적이다 못해 아름답기까지 하다. 할머니의 삶에 대한 이해와 연민의 시선이 바탕에 깔려 있기 때문이겠다. '이삭 패기 전/ 모낸 논바닥에 물이 빠지고/ 붉근 벼들이 모여 서는/ 그날 오후 1시경'에 할머니에게 무슨 일이 벌어졌을까 상상하며 할머니의 행적을 좇는 시적 주체의 시선은, 할머니의 실종이라는 사건을 통해 할머니의 지난 삶을 좇는 일에 가깝다. '운문 앞에서/ 파랑새와 합류 후/ 모진산 자락으로 이동하며/ 늑대와 새들과 꽃들과 만'난 것은 할머니의 행적이기도 하고 그런 할머니를 좇는 수색대의 일이기도 했을 것이다. 할머니가 어디로 갔는지 지켜본 목격자라고는 파랑새와 늑대와 새들과 꽃들과 바람뿐이라서 그들을 만나 '사건 경위를 듣고/ 바람의 지휘 아래/ 바다로 하늘로 산으로' '드러나지 않은' 할머니의 '지난 세월을/ 더듬어 찾아간 지 두 시간' 만에 '산문에 집결하여/ 영혼을 벗어버리고 사나운 짐승으로 돌아가려는/ 곳곳에 부표를 띄웠'지만 할머니의 흔적을 찾을 수는 없었다. '점점 멀어지는' 할머니의 '숨소리'를 들으며 마침내 '오후 다섯 시경 모든 탐지 종료'를 선언하고 만다. '벗어놓은 신발

한 켤레'만 고스란히 남아 있을 뿐이다. 흔적 없이 사라진 할머니를 두고 시적 주체의 상상은 할머니의 생애를 탐문한다. '벌교 보성여관에서 빨치산 토벌 때 잠시 만났던 아들'이 '6·25전쟁 때도 스쳐갔을 텐데 영영' 그 후로는 만나지 못했다는 사연과 그렇게 북으로 간 아들을 평생 그리워하며 살다 마침내 할머니가 현생의 기억을 지워버렸을 것이라는 사실을 짐작할 수 있다. 생사를 알 길 없는 아들을 향한 그리움과 기억을 끝까지 부여잡고 살기에는 할머니의 생이 너무 고단하고 고달팠을 것이다. '방금 파랑새가 늑대와 새떼들을 이끌고 바람을 따라가고 있는 것을 목격'한 것은 시적 주체의 상상 속에서 가능한 일이겠지만 그런 상상을 가능케한 것은 할머니의 그리움과 아픔에 대한 이해가 아닐까 싶다. 비로소 할머니는 그리움의 힘으로, 바람을 따라 파랑새를 따라 갈 수 없는 곳을 넘어 훨훨 날아갔을 것이다. 할머니를 속박하던 삶은 이곳에 다 벗어놓고 자유롭게 날아간 것이겠다.

　세상에 이런 일이 다 있냐고 서울 구로역에서 막차를 집어탄 어떤 청소녀가 세상모르고 곯아떨어졌느니 백태 낀 입꼬리가 개봉역 지나 온수역에 다다라 길게 헤벌어져 끼룩끼룩 갈매기 소릴 흉내 내는 듯 이상하고 억울한 중얼거

림이었으니

　세월은 흐르는 것이라고 역곡이나 소사에서
떨어질 복사꽃이 되면 어떠냐고 함부로 속삭이
지 못하는 세월들이 객차 가득 고단하게 흔들
렸다
　　　—「열일곱 살에서 온 부산입니다」 전문

　서울 구로역에서 막차를 집어탄 어떤 청소녀가 세
상모르고 곯아떨어져 개봉역 지나 온수역에 다다라서
까지 '백태 낀 입꼬리가' '길게 헤벌어'진 채 잠결에 알
수 없는 잠꼬대를 하며 깨어날 줄 모르는 모습을 보면
서 시의 주체는 문득 열일곱 살 부산에서 올라왔을 때
가 겹쳐졌던 것 같다. 곯아떨어진 청소녀의 잠꼬대에
서 '끼룩끼룩 갈매기 소릴 흉내 내는 듯 이상하고 억울
한 중얼거림'을 들은 것은 열일곱 살 시적 주체의 체
험이 겹쳐졌기 때문일 것이다. 서울 변두리를 지나 역
곡이나 소사로 향하는 전철의 막차를 집어타는 사람
들은 피로한 하루 일과에 지쳐 잠들어 객차 가득 흔들
리며 집으로 돌아가는 사람들이다. 깊이 잠들어 짐짝
처럼 실려 가는 그들은 깜빡 잠결에 목적지를 놓치거
나 하는 일도 부지기수다. 그런 그들을 향해 시의 주체
는 '세월은 흐르는 것이라고 역곡이나 소사에서 떨어

질 복사꽃이 되면 어떠냐고 함부로 속삭이지 못'한다. 그 역시 '객차 가득 고단하게 흔들렸'던 사람이기 때문이리라. 나이를 불문하고 이민호의 시집에서 그려지는 여성은 고단한 인생을 살아온 이들이지만, 시의 주체는 그들의 삶을 함부로 재단하거나 예단하려 들지 않는다. 이민호 시가 포착하는 여성성을 모성성에 한정하기 어려운 것은 그에 앞서 그의 시가 보여주는, 그들의 삶에 대한 존중과 이해의 시선 때문일지도 모르겠다. 그가 이번 시집에서 다시 쓰고 싶어하는 경전은 '시가 되지 못하는 여자의 일생'(「김약국의 딸들이 쏟아졌다」)으로, 시인의 젠더 감각을 보여주는 이번 시집의 개성적인 자리라고 할 수 있다.

3.

시집의 6부에 수록된 시들에는 죽음을 다루거나 대하는 이민호 시의 태도가 드러난다. 고단한 삶의 연장선 위에 놓인 개별적 죽음으로부터 사회적 타살이라고 할 만한 사회적·역사적 맥락의 죽음에 이르기까지 펼쳐져 있는데 이를 통해 삶에 대한 이민호 시의 관점과 태도를 읽을 수 있다. 그의 시에는 우선 삶으로부터 터득한 지혜와 해학이 가득하다. 이런 시들을 보면 그가 개개의 삶을 얼마나 존중하고 나날의 일상 속에서 만나는 사람들에 대한 사랑과 연민이 넘치는 시인인지 알 수 있다. 타인의 고통에 예민한 이민호의 시에는 삶의 애환과 유머가 자연스럽게 배어 나온다.

> 동네 이발소 쥐오줌 얼룩자리 불룩 내려앉은 천장 밑 선반에 머리 센 할아버지들마다 염색약이 제각각 임자가 따로 있어 촘촘히 열 지어 층층 쌓여있다 만리동 고개 넘어 멀리서도 때 되면 기어코 찾아와 두어 번 드르륵 구르다 문 열고 들어서던 아무에게나 맡길 수 없는 은빛 머릿결 성기게 서너 달 뜸해 이상하다 궁금하여 쌓이는 염색약 좁고 어두운 상자갑 위, 매운 먼지는
> ―「부고장이다」 전문

동네 이발소에서만 볼 수 있는 풍경이 웃음을 자아낸다. 쥐오줌 얼룩자리 불룩 내려앉은 천장 모습이나 선반에 촘촘히 열 지어 층층 쌓여 있는 할아버지들의 염색약이 아련한 추억을 불러일으키고 입가에 미소를 머금게 한다. 할아버지들마다 염색약 임자가 제각각 따로 있을 만큼 단골이고, 그만큼 할아버지들이 많은 동네임을 알 수 있다. 아무에게나 맡길 수 없는 은빛

머릿결 염색을 위해 때 되면 어김없이 찾아오는 할아 버지들에게 이발소는 서로의 안부를 나누고 알리는 장소이기도 하다. 서너 달 발길이 뜸해 '염색약 좁고 어두운 상자갑 위'에 매운 먼지가 쌓인다는 것은 할아버지에게 무슨 일이 생겼다는 뜻이다. 염색약은 이발소 단골 할아버지들의 부고장인 셈이다. 안녕하다고, 아직 건재하다고 드르륵 문 열고 들어와 염색을 맡기고 가던 할아버지가 오지 않고 염색약에 먼지가 쌓여 간다는 것으로 부고장을 대신하는 이런 풍경은, 체험에서 우러나오지 않고는 알 수 없는 변두리 동네 이발소 풍경이자 변두리 동네 삶의 풍경이다.

개미는 턱 힘이 세다
이를 악물고
살았기 때문이다
시냇물도 여울목에 다다르면 몸이 거칠다
몇 번이라도 꺾이며 밀려온 탓이다
산들바람마저 폭풍의 언덕에선 머릿결이 난
폭하다
사람계곡을 헤매다 기어코 홀로 선 절벽
울부짖다
　　　—「붉은 달」 전문

개미는 자기 몸보다 훨씬 큰 먹이를 나르며 평생을 살아간다. 이렇게 이를 악물고 살았기 때문에 턱 힘이 셀 수밖에 없다고 시의 주체는 말한다. 개미의 생태를 오래도록 관찰하고 생각해 오지 않고는 이러한 통찰에 도달하기 어려울 것이다. 이민호의 시에는 살아있는 생명체에 대한 관심에 기초한 남다른 관찰력을 보여주는 시가 종종 눈에 띈다. 자연에 대한 관찰이 그의 시에서 각별한 통찰과 인식을 낳는 것은 그런 자연의 모습 속에서 시의 주체가 인생의 단면을 엿보기 때문이다. 시냇물도 여울목에 다다르면 몸이 거친데 그것은 몇 번이라도 꺾이며 밀려온 탓임을 시의 주체는 안다. 좌절 없이 살아온 사람보다 고비마다 꺾이고 밀리면서 살아온 이들은 더 거칠 수밖에 없을 것이다. 자연도 예외가 아니어서 시냇물도 여울목에 다다르면 몸이 거친 것이다. '산들바람마저 폭풍의 언덕에선 머릿결이 난폭'해질 수밖에 없다. 평화롭고 잔잔한 바람도 '사람계곡을 헤매다 기어코 홀로 선 절벽' 앞에서는 울부짖을 수밖에 없을 터이다. 힘이 세고 거칠고 난폭한 것은 처음부터 그렇게 타고나서라기보다는 세파에 시달리며 생에 단련되었기 때문이겠다. 달이 붉은 이유도 피눈물을 머금고 있기 때문일지도 모르겠다. 안온하고 평화로운 삶을 평생 살 수 있다면 누구라도 부드럽고 고요한 몸을 지니고 있었을 것이라고 시의 주체는 생각

하는 것인지도 모르겠다. 물론 힘세고 거칠고 난폭한 울부짖음 속에는 생에 대한 지독한 애착이 깃들어 있을 것이다. 그렇지 않고서야 이를 악물고 살아가지는 않을 테니까.

    플라스틱 곤충 채집통 속으로 쓰윽 손을 넣어
재빨리 채면 어느 놈은 다리가 부러져 바닥에
나뒹굴고 또 어떤 놈은 드러누운 채 바동거리고

    그때쯤 혀뿌리를 날름대며 스윽 다가와 순식
간에 바득바득 모조리 씹어 삼키면 검은 액체
가 방바닥에 흩뿌려져 튕기고 비린 냄새 가득

    죽는 것보다 마음이 더 아프다는
    그날 저녁

    귀뚜라미 우리 속으로 목도리도마뱀을 잔인
하게 밀어 넣었다
                    —「최후의 만찬」 전문

 "죽는 것보다 마음이 더 아프다"라는 문장 뒤에는 '한진중공업 청년 노동자의 유서에서'라는 주가 붙어 있다. 어릴 적 곤충 채집을 해 본 경험이 있다면, 플라

스틱 곤충 채집통 속으로 쓰윽 손을 넣어 갇혀버린 곤
충들을 괴롭혀 본 경험도 있을지 모르겠다. 포획된 약
자 앞에서 아이는 잔혹한 지배자가 되어 자신이 마음
대로 부릴 수 있고 쥐락펴락할 수 있는 존재들을 본능
적으로 괴롭히는 것일 수도 있겠다. 시의 주체는 약육
강식의 논리가 지배하는 동물의 세계와 인간 세상 역
시 다를 바 없다고 말한다. 유서를 남기고 숨진 한진중
공업 청년 노동자를 죽음으로 몰아넣은 것은 무엇일까
생각해 보면 결국 약자에 대한 배려가 없고 분배의 철
학이 제대로 자리 잡히지 않은 세상에서 일어나는 비
극일 테니 말이다. '귀뚜라미 우리 속으로 목도리도마
뱀을 잔인하게 밀어 넣'는 행위와 한진중공업 청년 노
동자를 "죽는 것보다 마음이 더 아프다"는 유서를 남
긴 채 죽게 벼랑 끝으로 몰아간 행위는 별반 다르지 않
음을 이민호 시의 주체는 아프게 고발한다. 신이 사라
진 시대의 최후의 만찬은 이토록 잔인하다.

소녀는
종로 네거리에서
목이 베어 그 흘린 피 오가는 사람들에게
뿌려주길 소원했던
일어서는 농민의 어머니다
하늘이 무너지고 땅이 꺼지는 날까지

소녀야, 애통함에 가슴 찢어 북소리를 울려다오
소녀는
내 죽음을 헛되이 말라
외치며 불꽃이 되어 달려나갔던
깨어있는 노동자의 어머니다
소녀야, 서럽게 울부짖어 차가운 재가 되어
날릴 때까지
이 거리 사납게 흔들리는 바람 깃발이 되어
다오
소녀는
오월의 산하를 피로 물들인
떠도는 영혼
혁명의 어머니다
소녀야, 이 땅 흐르는 물 메말라 죽음의 강이
될 때까지
온몸 부서지는 한숨 거두지 말아다오
소녀는
4월 어느 날 뜻도 없이 삶의 닻은 내려버린
어린 생명의 어머니다
우리가 삼해 바닷물 모두 퍼내 다시 기쁜 몸
일으켜 세울 때까지

소녀야, 우리 슬픔의 칼날을 차갑게 벼려내어

벅찬 아기 손아귀에 꼭 쥐어주자
슬픈 어머니가 기쁜 아기를 낳았으니
검은 눈물 멈추지 말아다오
소녀는
　　―「슬픈 어머니가 기쁜 아기를 낳았으니」 전문

'수요일의 소녀에게'라는 부제가 붙어있는 시다. 매주 수요일 낮 12시, 일본대사관 앞에는 누구보다 오래, 치열하게, 지속적으로 싸우고 있는 사람들이 모여 든다. 1992년 1월 8일부터 매주 수요일 낮 12시에 주한 일본대사관 앞에서 한 주도 거르지 않고 열리고 있는 수요 집회는, '일본군 위안부' 문제에 대한 진심어린 사죄와 배상 책임을 촉구하며 시작되어 며칠 전 1388번째 집회가 열렸다. 2011년 12월 14일 1000번째 수요 집회 때 평화의 소녀상이 세워졌고 지금은 전국적으로 확대되었다. 아무도 주목하지 않던 시절에도 어김없이 모여서 '일본군 위안부' 문제 해결을 위해 목소리를 내고 소녀상을 지켜온 할머니―소녀들이 그곳에는 있다. 지금도 수요 집회를 가득 메우는 인파는 위안부 할머니들을 중심으로 모여든 어린 소녀들, 초등학생, 중학생, 고등학생들과 대학생 평화나비가 주축을 이루고 있다. 수요 집회의 주축을 이룬 할머니 ― 소녀들은 '종로 네거리에서/ 목이 베어 그 흘린 피 오가는

116

사람들에게/ 뿌려주길 소원했던/ 일어서는 농민의 어머니'이자 '내 죽음을 헛되이 말라/ 외치며 불꽃이 되어 달려 나갔던/ 깨어있는 노동자의 어머니'이자 '오월의 산하를 피로 물들인/ 떠도는 영혼/ 혁명의 어머니'이자 '4월 어느 날 뜻도 없이 삶의 닻을 내려버린/ 어린 생명의 어머니'임을 시의 주체는 간파한다. 동학농민혁명 때 들불처럼 일어난 농민의 어머니로부터 전태일 청년의 어머니, 오월 광주의 어머니, 4·16 세월호 참사의 어머니 등 이 땅을 휩쓸고 간 가슴 아픈 사회적 타살의 희생양이자 혁명의 주체였던 그들의 어머니를 이민호 시는 호명한다. 수요 집회의 주체인 소녀들에게서 그가 본 것은 이 땅의 가슴 아픈 민중들의 역사이자 불길처럼 일어선 희망이었다. 그러므로 '슬픈 어머니가 기쁜 아기를 낳았다'고 그는 말한다. 멈추지 않는 '검은 눈물'의 힘으로 기쁜 아기가 열어갈 미래가 이 땅에도 올 것임을 그는 예언한다. 이민호 시가 주목하는 죽음은 생명의 소멸이라는 자연적 죽음으로부터 사회적 타살에 이르기까지 넓은 스펙트럼으로 펼쳐진다. 이 땅에 뿌려진 가슴 아픈 죽음을 보듬으며 그는 시대를 초월해 죽은 이들과 살아남은 이들을 연결하는 성스러운 연대에 주목한다. 이러한 연대의식은 세월호 참사를 다룬 「아기의 엄마가 올 때까지」에서도 그려진다.

4.

첫 시집부터 날카로운 현실 감각을 보여주었던 이민호의 시는 이번 시집 수록시에서도 일상의 폭력성에 대해 예민한 시선을 드리우고 있다. 우리는 누구나 실수를 하고 잘못을 저지르며 살아가지만 자신의 잘못을 냉정히 돌아보고 인정하기는 쉽지 않다. 자기 보호본능은 때로는 공격본능으로, 때로는 피해의식으로 나타나며 주변의 죄 없는 사람들에게 상처를 주기도 하고 해를 끼치기도 한다. 꼭 나쁜 의도가 있지 않아도 누군가를 해칠 수 있는 사회에서 우리는 살아가고 있지만, 자신이 의도치 않은 가해자의 자리에 서게 될 때에는 대체로 눈 감거나 둔감해지고 싶어하게 마련이다. 이민호의 시는 바로 그 불편한 자리를 겨냥한다. 우리가 나빠서, 비도덕적이어서가 아니라 악의 평범성이 우리를 그런 자리로 내몰기도 함을 이민호의 시는 정확히 인식하고 있다.

새로 설치한 현관 디지털 도어락이
제정신이 아니다
서비스센터 고객담장자, 수리기사, 판매원들,
마누라와 아이들

모두를 초토화시켰다

고객님 고객님 진정하십시오
죄송합니다 왜 그렇게 된지 모르겠네
다른 제품으로 교환해 드리면 안 될까요
그만해 그만하라고
어디 둘 수 없는 어린 눈길

사정은 간단하다
내 잘못이 아니라는 것을 깨닫는 순간부터다
이 당당함에 신들려
거침없이 나아갈 수 있었다
이럴 때면 머리 회전이 너무 빨라 멈출 수
없다
이미 후회하는 나마저도 불러다 놓고
찜하는 나는
이 세상을 다 무너뜨릴 기세다

다들 무슨 죄인가
죄 짓지 않고 사는 편에 서지 않았으면서
죄 없는 폭력을 마구 휘두를 때가 있다
반면인 사람들도 날뛰고 있다
백십 년 만에 덮친

더위 때문이라고

　　　　—「폭염」 전문

　살다 보면 자기도 모르게 갑질을 하게 되는 순간과
마주할 때가 있다. 사실상 현관 디지털 도어락의 때 아
닌 고장이 서비스센터 고객담당자나 수리기사, 판매원
들 탓은 아니다. 그것을 모르지 않으면서도 걷잡을 수
없이 '이 세상을 다 무너뜨릴 기세'로 화를 내고 갑질
을 하게 되었던 순간을 시의 주체는 돌아본다. 자기 잘
못이 아니라는 것을 깨닫는 순간 갑자기 돌변해 '이 당
당함에 신들려/ 거침없이 나아갈 수 있었'던 것은 피해
의식 때문이기도 하다. 경쟁으로 가득한 '피로사회'에
서는 손해 보면 안 된다는 가치관이 팽배해 있어서 당
하기만 하고 살아온 사람일수록 피해의식에 사로잡히
기 십상이다. 그러다 보면 어느새 공격당하기 전에 먼
저 공격하고 봐야 한다는 삶의 자세에 물들어 버리게
된다. '이미 후회하는 나마저도 불러다 놓고' 빠른 머
리회전으로 계산하고 있는 자신을 의식하는 주체의 시
선에서는 성찰적 태도가 읽힌다. '죄 짓지 않고 사는
편에 서지 않았으면서' 혼자만이 정의인양 "죄 없는 폭
력을 마구 휘두를 때가 있다". 남의 잘못에는 예민하면
서 자신의 잘못에는 한없이 관대한 경우를, 살면서 우
리는 수도 없이 만나게 된다. 폭염 탓이라 애써 변명해

보면서도 시의 주체는 그렇게 죄 없는 폭력을 마구 휘두른 적은 없었는지 되물으며 우리 자신을 돌아보게 한다.

이번 시집에는 「개에게 물린 아침」이나 「그로기, 그로기」처럼 느닷없이 달려드는 생의 폭력성을 갑자기 달려들어 물어뜯는 개의 이미지로 형상화한 시들이 몇 편 눈에 띈다. 생이란 그런 우연적 넘어짐, 야만적인 폭력성으로 점철되어 있다. 개인의 힘으로 감당하기 힘들어 절망감에 빠지거나 불행의 원인을 어디에서 찾아야 할지 난감한 상황과 마주칠 때가 있다. 이민호의 시는 이렇게 가차 없는 생의 특징을 개의 야생성을 통해 포착하며 생의 아이러니를 강렬한 이미지로 드러낸다.

언제부턴가 냉장고 문을 열면 검은 참깨가 바닥에 떨어져 있다 구부려 손바닥에 모아 일어서니 하나 둘 잠 깨 날아가 버렸다 오래된 간장 종지와 먹다 남은 깻잎 장아찌가 몇 잎 삐져나온 플라스틱 밀폐용기와 충북 영동에 귀향한 친구가 보낸 포도 몇 송이가 앙마른 가지에 달려 있을 뿐인데

언제부턴가 사람을 만나면 밑바닥에 떨어진 인정이 그립다 꼭꼭 싸매어도 슬고 간 좁쌀만

한 구더기들이 눈가에 어른거렸다 낡은 차림새
로 다가와 기운차게 노래 부르던 목소리와 부
끄러운 낯빛에 어른거리는 분노와 전남 벌교에
서 상경한 후배의 옛이야기 귓가에 쟁쟁한데

　한사코 이 서늘한 공간을 비집고 들어온 얼
굴은 낯설고 처음만 같아 밤새 씨름했던 생각
이 절룩이며 걸어나갔다 사람은 어디서 오는가
　　　　　　　　—「초파리는 어디서 오는가」 전문

　초파리는 생활의 흔적이다. 어디서 생겨나는지도 모
르게 어느 날 문득 냉장고를 점령해 '검은 참깨'처럼
흔적을 드러낸다. 냉장고의 오래된 음식과 과일 등속
이 불러낸 생명체를 보며 '한사코 이 서늘한 공간을 비
집고 들어온' 초파리가 도대체 어디서부터 생겨났는지
궁금해하다 시의 주체의 시선은 결국 사람에게 머문
다. 충북 영동에 귀향한 친구이기도 하고 전남 벌교에
서 상경한 후배이기도 한 그립고도 낯선 얼굴들을 떠
올리며 사람은 어디서 오는지, 그리고 어디로 가는지
시의 주체는 묻는 것일 게다.

　광화문 광장은 여전히 예닐곱 명의 1인 시위
자들만 묵묵히 서 있었을 뿐 그들에 대한 특별

한 관심은 보이지 않았다. 어찌되었든 4월 19일에 참여하는 것에 의의를 둔다는데 한대련(韓大聯)에서는 4.19를 맞아 어떤 활동을 할까?(2012년 5월 1일, 『경향신문』). 어찌되었든 5.16 이후의 도약은 민족자아의 발견을 통해 시운을 불러들인 위대한 실증이었다(1980년 8월 12일, 『매일경제』). 기자들에게 한국사태는 군사혁명 뒤에 안정되고 있다고 말하였다. 그는 어찌되었든 한국의 신정권은 반공이며 친미적이라고 강조하였다(1961년 5월 19일, 『조선일보』).

미국 서부 캘리포니아 목장에서 젖소가 태어나면 젖을 물리지 않고 어미와 뗀다고 하니 어미 소가 울고불고 길길이 날뛴다고

어찌 되었든 새끼소를 제친
어미젖은 미국사람 먹을거리라 그렇다고(어느 채식주의자)

어찌 되었든 괜찮다는 역사
끈질긴 지속
아이들은 태어나 어디론지 끌려가고

피리를 불어도 돌아오지 않는다

어찌 되었든

강 아래로 내려가리라

　　　　　　　—「어찌 되었든」 전문

　1961년, 1980년, 2012년의 기사 한 토막을 인용하며
시작되는 이 시에서 시적 주체가 주목하는 말은 '어찌
되었든'이다. 그것은 차라리 하나의 태도이다. 오랫동
안 우리의 근현대사에서 되풀이되어 온 무책임하고 회
피적인 태도 말이다. 1961년 5월 19일자 『조선일보』 기
사는 4·19혁명의 열기를 숨죽이게 한 5·16 군사쿠데
타가 일어난 후 사흘 뒤의 기사이고, 1980년 8월 12일
자 『매일경제』의 기사는 5·18 광주 민중항쟁이 일어난
지 석 달이 채 못 된 시점의 기사이다. 2012년 5월 1일
자 『경향신문』 기사는 2012년 한나라당이 이름을 새누
리당으로 바꾸고 이명박 정권에 대한 최종 심판의 성
격을 지니는 4월 총선에서 152석을 얻으며 제1여당으
로 과반수 의석을 차지한 지 한 달이 채 못 되었을 때
의 기사로, 2012년 12월로 예정된 대선을 7개월 정도
앞두었을 때였다. 기사가 나갔던 시기를 생각해 보면
한국 현대사에서 역사적으로 중요한 시기였음에도 불
구하고 진보적 언론과 보수적 언론을 막론하고 '어찌
되었든'이라는 안일한 역사인식을 보이고 있음을 확인

할 수 있다.

　이민호 시의 주체가 겨냥하는 자리는 '어찌 되었든 괜찮다는 역사'의 자리다. 채식주의자임에도 '어찌 되었든 새끼소를 제친/ 어미젖은 미국사람 먹을거리라 그렇다고' 아무렇지도 않게 말하거나 '아이들은 태어나 어디론지 끌려가고/ 피리를 불어도 돌아오지 않'지만 '어찌 되었든 괜찮다는 역사'가 끈질기게 지속되어 왔음을 시의 주체는 아프게 자각한다. 사태의 원인을 따져 묻고 정확히 규명하려 들어야 하는 신문기사에서 여간해서는 '어찌 되었든' 같은 무책임한 표현은 쓰지 않을 것 같지만, 놀랍게도 한국 현대사의 중요한 국면에서 쓰인 신문기사에도 저 무책임한 태도의 말, '어찌 되었든'이 아무렇지도 않게 등장한다. 그렇게 무책임하고 무감각한 태도로 일관해 왔기 때문에 우리 현대사의 많은 비극이 일어났음을 이민호 시의 주체는 놓치지 않는다. '어찌 되었든'의 끈질긴 지속의 역사를 극복하지 않고는 반복되는 역사의 악순환을 끊지 못할 것임을 이민호의 시는 경고하고 있다.

5.

　6개의 부로 이루어진 이번 시집에서 각 부의 마지막

을 차지하는 시는 「시인의 얼굴」 연작시이다. 이민호는 앞서의 시집에서도 「시인의 얼굴」 연작시를 써 왔지만 이번 시집에서는 좀 더 본격적으로 각 부의 마지막 시에 이 연작시를 배치함으로써 시인에게 영향을 미쳤을 것으로 보이는 선배 시인들을 호출한다. 「시인의 얼굴」 연작시는 시인이 영향을 받거나 극복하고자 한 선배 시인들에 대한 오마주이자 시인으로서 이민호가 걸어가고자 하는 길을 상징적으로 보여주는 시들이다.

시집의 5부 '경전을 다시 쓰는'의 맨 뒤에 놓인 시는 「시인의 얼굴 — 박서원」이다. 첫 시집부터 여성에 대한 남다른 애착을 보였던 이민호의 시는 자신의 시적 원천이기도 했던 여성을 위한 경전을 다시 쓰는 시도를 한다. 그것은 '어찌 되었든'의 무책임한 역사를 벗어나려는 시도이기도 하다. 그 마지막 자리에서 이민호 시의 주체는 박서원을 호명한다. 1990년대의 시사에서도 온전히 평가받지 못했던 박서원의 시를 '새 세상은 여기에 없고/ 묵은 권력을 훔쳐/ 저 곳으로 날아간/ 구원의 상징/ 잉태했던/ 또 다른 신화'로 새롭게 정위하고자 한 것이다. '수모와 굴욕을 낳은/ 여인과 다시 쓰는/ 여성적 글쓰기/ 외경'(「시인의 얼굴 — 박서원」)을 통해 한국 현대 시사를 새롭게 해체, 재구성하고자 하는 욕망을 드러낸 것이라 볼 수 있겠다.

선운사 동구에서
무릎 내준 사람인 듯
한세상 흐드러지게 살다가지 못하고
어둠 속에서 홀로 싹을 틔우다
푸르게 쪼개진 바람
속절없이 성북동 고개를 넘어버렸네
머리 뉘일 자리 없어
머리맡 자리끼에 살얼음이 비치고
누군가
이 세상을 통째로 들이키려
다 휩쓸고 가버린 것이다
저기 건너다보면 보일 듯
환한 붉은 꽃
　　　　　—「시인의 얼굴 — 최영숙」 전문

　6부 '죽음에 앞서가는'의 마지막 시로 배치된 이 시
는 첫 시집을 내고 루프스에 걸려 투병을 하다 죽음에
이른 최영숙 시인에게 바치는 헌사다. 자신의 죽음을
예감하며 마지막까지 시를 쓰다 갔던 최영숙은 고정희
에게 시를 배운 제자이기도 했다. 고정희의 죽음을 누
구보다 안타까워했던 최영숙은 운명처럼 고정희와 비
슷한 나이에 생을 마감하고 만다. 죽음 앞에서 담담히
자신의 마지막을 그려간 최영숙 시인의 시는 유고시집

『모든 여자의 이름은』(2006)에 실렸다. 이민호의 시는 '한세상 흐드러지게 살다가지 못하고/ 어둠 속에서 홀로 싹을 틔우다/ 푸르게 쪼개진 바람/ 속절없이 성북동 고개를 넘어버'리듯 그렇게 가버린 시인의 생을 안타까워한다. '누군가/ 이 세상을 통째로 들이키려/ 다 휩쓸고 가버린' 듯 심술을 부린 것이 아니고서야 한 시인의 생이 그렇게 안타깝게 저물러 있을까. '저기 건너 다보면 보일 듯/ 환한 붉은 꽃'을 최영숙의 시에서 먼저 본 이민호 시의 주체는 최영숙 시인을 기억하고 애도한다.

이민호의 시가 소환하는 6명의 시인 중 혁명의 시인으로 불릴 만한 시인으로는 파블로 네루다, 김수영, 김남주가 있다. 사랑과 혁명의 시인 파블로 네루다는 이민호 시의 주체에게 '운명을 바꾸는' 의미를 지니고 있었던 모양이다. '무엇이 나를 위로하리라 말하는 순간' "내가 시를 위로하리라"라는 깨달음이 벼락처럼 왔는지도 모르겠다. "너는 곧 혁명의 소용돌이 속에서/ 뜻하지 않게 죽음을 맞이하리라"라는 예언 같은 말에서는 영화 〈일 포스티노〉에 등장하는 청년 시인 마리오가 떠오르기도 한다. 파블로 네루다를 읽으며 이민호 시의 주체는 "시가 나를 위로하리라/ 내가 시를 위로하리라"(「시인의 얼굴 — 파블로 네루다」)라는 운명적 깨달음을 체험했는지도 모르겠다. 시가 운명임을 알아버린 시인의 고백이 칠레의 민중시인 파블로 네루다를 빌려 펼쳐진다. '징표가 되어 빛나는' 2부의 시들 마지막에 배치된 「시인의 얼굴 ― 김수영」에서는 김수영을 향한 시인의 애증이 느껴진다. '삶 전체를 꿈틀대게 하는 불온한 감각', '장난의 현장을 차마 눈 뜨고 볼 수 없어' "군중의 무리에 끼어/ 그대를 처형하라" '외치는 바라바의 추종자'가 되어도 보았지만, '그대 이전도 이후도 없는 거기에' 신이 되어 버린 그대 앞에서 '증오와 질시'는 어느새 '쓰러진 그대의 피 흘리는 언어를 내 시의 무덤에 몰래 묻어 두'는 매혹이 되어 버렸음을 그는 고백한다. '나는 식민지/ 그대는 감각의 제국'이라는 고백처럼 김수영은 그에게 자신의 부끄러움을 들여다보게 하는 애증의 대상이었던 것으로 보인다.

티벳 승려의 불타는 육신에서
팔레스티나 유카리나무 아래 죽어가는 어린
영혼에서
용산에서
11월의 거리에서
모든 고통에서
신의 이름을 지우고
그대
아직도

죽으러 가는 별이여

피다 꽃이다
꽃이다 피다
　　　　　　—「시인의 얼굴 — 김남주」부분

"꽃이다 피다/ 피다 꽃이다"로 시작하는 김남주의
시가 있다. 시인으로보다 전사로 불리기를 희망한 혁
명 시인은 「잿더미」에서 "그대는 타오르는 불길에/ 영
혼을 던져 보았는가/ 그대는 바다의 심연에/ 육신을
던져 보았는가/ 죽음의 불길 속에서/ 영혼은 어떻게
꽃을 태우는가/ 파도의 심연에서/ 육신은 어떻게 피를
흘리는가"라고 엄중한 물음을 던진 바 있다. 1980년
대를 통과한 이들이라면 누구나 김남주 시인에게 마
음의 빚을 지고 있을 것이다. 하물며 시인임에랴. 이
민호 시의 주체는 여전히 김남주의 질문을 안고 산다.
'티벳 승려의 불타는 육신에서/ 팔레스티나 유카리나
무 아래 죽어가는 어린 영혼에서'는 물론이고 '용산에
서/ 11월의 거리에서/ 모든 고통에서' '신의 이름을 지
우고' 시인 김남주의 목소리를 듣는 까닭은 거기에 있
을 것이다. "그대/ 아직도/ 죽으러 가는 별이여"라고
'다시 돌아보지 않는' 극복의 자리에 시인 김남주를 호
명하지만, 여전히 이민호 시의 주체는 혁명 시인 김남

주를 마음에 묻고 "꽃이다 피다/ 피다 꽃이다"라는 그의 말에 "피다 꽃이다/ 꽃이다 피다"라고 화답하며 시의 길을 걸어갈 것이다.

그런가 하면 한국전쟁기에 시대와 자신을 견디지 못하고 생을 등진 시인 전봉래는 '기적을 꿈꾸는' 시들 뒤에 소환된다. '미리 죽어버리는 시를 쓰고/ 세상을 버린 사람들 틈에/ 한 가닥 선율로 남'은 시인. 그는 "그지없이 음악이 흐르는/ 공간을 지니고/ 스스럼없이 지우고는/ 사라졌다". 그렇게 스스로 음악이 되어 존재의 흔적을 지우고 사라지는 일을 이민호 시의 주체는 한편으로 꿈꾼다. 마치 기적을 꿈꾸듯이, 그가 사랑하는 예술가의 꿈처럼 그렇게 "살아서도/ 한번은 쓰겠다는 시를/ 쓰리라"고 '푸른 쇠'(「시인의 얼굴 ― 전봉래」) 하나를 쥐고 오늘도 잊지 않으려 다짐한다. 전봉래와 김종삼을 호명할 때 이민호 시의 주체는 천상 시인이다.

어디쯤 봄은 오는지
만개한 꽃들이 궁금해한다
앞다퉈 피고서도
그래서 봄이 오는 소리 들리냐고
귀솜털 보송한 어린 새들이 쫑긋 날아오른다

한낱 불행을 속삭이며

반신불수

봄이

샛노란 개나릴 깨우며 가고 있다

아마도 수없이 통과했을

이 몸

질질 끌며

미연에

봄이 완연하다

　　　　　　　—「완연한 미연未然」 전문

　그렇다면 이민호의 시가 꿈꾸는 시와 시인은 어떤
모습일까? 시집의 표제시이기도 한 「완연한 미연未然」
에서 그 대답을 듣는다. 이 시는 시로 쓴 시론으로도
읽을 수 있다. '완연'과 '미연'은 서로 모순된 말이지만
어떤 일이 아직 일어나지 않은 때가 뚜렷해졌다는 것
은 무르익었으되 아직 벌어지지는 않은 어떤 상태를
가리킨다고 볼 수 있다. 어쩌면 시의 언어는, 그리고 시
가 추구하는 자리는 바로 이런 '완연한 미연'의 자리가
아닐까. 익을 대로 익었지만 아직 일어나지는 않은 때,
'직전'의 어떤 상태 말이다. '어디쯤 봄은 오는지/ 만개
한 꽃들이 궁금해' 하고 '앞다퉈 피고서도' '봄이 오는

소리 들리냐고/ 귀솜털 보송한 어린 새들이 쫑긋 날아오르는 상태. '미연에 봄이 완연'한 그 상태를 이민호의 시는 추구한다. '한낱 불행을 속삭이며/ 반신불수/ 봄이/ 샛노란 개나릴 깨우며 가고 있'는 모습에서 불행과 희망이 공존함을 확인할 수 있다. 비록 '반신불수/ 봄'이지만 '샛노란 개나릴 깨'울 수 있는 생명력을 지닌 것. 그리하여 '아마도 수없이 통과했을/ 이 몸/ 질질 끌며/ 미연에/ 봄이 완연'한 상태를 꿈꾸는 것. 그것이야말로 이민호의 시가 꿈꾸는 순정한 순교의 마음일지도 모른다. 시의 순교자. 그 운명은 '이 몸/ 질질 끌'고 가는 시간이 없이는 도달할 수 없는 순례의 길이다. 🏃

매혹시편 ()

완연한 미연未然

1판 1쇄 펴낸날 2019년 8월 30일
1판 2쇄 펴낸날 2020년 8월 5일

지은이 이민호
펴낸이 이민호
펴낸곳 북치는소년
출판등록 제2017-23호
주소 10442 경기도 고양시 일산동구 일산로 142, 427호(백석동, 유니테크빌벤처타운)
전화 02-6264-9669 | **팩스** 0505-300-8061 | **전자우편** book-so@naver.com

디자인 신미연
제작 두리터

ISBN 979-11-965212-2-6 (03810)